petit roman

Yves-Marie Clément
Illustrations de Marc Goubier

BABALÉNO ET KASHALO

RAGEOT

À Titouan
du lac Léman.

ISBN : 978-2-7002-3480-0

La naissance de Babalēno

Ce matin, au pays des pieuvres, des requins et des langoustes, c'est jour de fête. Les habitants du royaume des Océans sont réveillés par des cris de joie :

– Coquillages et crustacés, morues, méduses et carrelets, maquereaux, saumons et mulets, ouvrez grand vos coquilles et vos ouïes ! Aujourd'hui est né Babaléno Ier, fils de la reine et du roi des Baleines ! Venez saluer le prince des Cétacés !

Bientôt, tous les gros poissons du pays se rassemblent autour du bébé et de son requin-nourrice. Il y a monsieur de Thon sur Thon, Barracuda junior, madame de la Palourde…

Vêtu de sa plus belle coquille, Pierre-Marie Bénitier complimente la reine des Baleines :

– Comme il est gros ! Comme il est beau ! dit-il.

– N'est-ce pas ! lui répond-elle très fièrement. Mon bébé pèse presque deux tonnes… Ce n'est pas une crevette !

Mais la reine des Baleines n'est pas dans son assiette. Quelque chose l'inquiète. Elle sort la tête de l'eau et regarde désespérément le ciel : il y a bien des oiseaux, mais aucun signe de la fée Exocet.

– Où est donc passé ce poisson volant ? s'alarme-t-elle.

Le roi des Baleines est en colère. Il tape des nageoires et manque de perdre sa couronne royale.

– Cette vieille sorcière est encore en retard ! s'écrie-t-il. Elle me met toujours en pétard !

Au royaume des Océans, la fée Exocet se penche au-dessus du berceau de chaque nouveau-né pour lui prédire l'avenir et surtout le protéger du féroce Jack Loudemer, l'infâme et sinistre chasseur de baleines.

Jack Loudemer habite une maison située sur les côtes déchirées de l'île du Crâne. C'est un chasseur de baleines connu dans le monde entier pour son extrême cruauté. Il a un regard terrifiant, de petits yeux sanguinaires et des dents pointues qu'il aiguise pour effrayer ses victimes.

En ce moment, il écume les mers du Grand Nord. Mais on raconte qu'il sera bientôt de retour au royaume des Océans.

Il s'appellera Kashalo

Un peu plus loin au fond de l'océan, les habitants des Roches-Grises sont réveillés par le docteur Boîtasardine.

– C'est un garçon, annonce-t-il en écrivant soigneusement sur le carnet de santé du nouveau-né :

« Né à 16 heures. 3 m 80, 900 kilos. »

Des voisins (qui passent justement par là) viennent admirer le nouveau-né. Il y a Nadia l'étoile de mer et Jo le Crabe.

– Visites autorisées de dix heures à onze heures ! prévient gentiment l'infirmière.

Jo le Crabe s'approche le premier pour contempler l'énorme cétacé.

– Qu'il est beau, qu'il est gros ! s'exclame-t-il.

– Et il a déjà des petites dents ! ajoute Nadia l'étoile de mer.

– Comment allez-vous l'appeler ? demande Jo le Crabe.

Monsieur Cachalot se gratte la tête. À vrai dire, il n'a pas eu le temps d'y réfléchir.

– Il s'appellera Kashalo comme son grand-père, murmure sa femme en caressant le front de leur fils, qui vient de s'endormir.

Mais elle n'est pas dans son assiette. Quelque chose l'inquiète. Elle sort la tête de l'eau et regarde le ciel.

– Où est donc passée la fée Exocet ? s'alarme-t-elle.

– Cette vieille sorcière est encore en retard ! s'écrie le papa de Kashalo. Elle me met toujours en pétard !

Au royaume des Océans, tous redoutent le terrible Jack Loudemer, même les orques et les cachalots !

La fée Exocet

Le lendemain, la fée Exocet arrive enfin. Elle se présente auprès du grand Mérou, chef du BNRO (Bureau des Naissances du Royaume des Océans).

– Désolée pour le retard, dit-elle tout essoufflée.

– On vous attendait, lui fait remarquer le grand Mérou. Le royaume est sens dessus dessous ! Il y a eu deux naissances pour la seule journée d'hier. Babaléno Ier, notre royal bébé, et le petit Kashalo. Par la barbe de mon grand-père le Mérou rouge, que faisiez-vous ?

La fée Exocet frotte ses lunettes couvertes de gouttelettes.

– Deux nouveau-nés ? s'étonne-t-elle. Alors je dois vite les protéger du féroce Jack Loudemer, l'infâme et sinistre chasseur de baleines ! Par lequel je commence ? Babaléno Ier ou Kashalo ?

– Le château royal se trouve à deux coups de nageoires à peine de mon bureau, lui répond le grand Mérou.

– Il n'y a donc pas à hésiter, répond la fée Exocet. Va pour Babaléno Ier. Ensuite, je rendrai visite au petit Kashalo !

La fée Exocet s'envole au-dessus de la surface agitée de l'océan et se retrouve devant le berceau de Babaléno. Elle salue la reine et le roi des Baleines, le requin-nourrice.

– Oh, comme il est mignon ! dit-elle en embrassant le bébé joufflu sur le front.

Prenant son air le plus sérieux, elle regarde Babaléno Ier droit dans les yeux et déclare :

– Un jour, beau prince, tu te marieras avec une grosse baleine blanche.

Babaléno Ier sourit.

– Tu auras beaucoup d'enfants pas trop turbulents. Tu seras heureux et tu vivras longtemps.

La fée Exocet soupire, se frotte les écailles et s'apprête à partir.

– C'est tout ? s'étonne le roi des Baleines.

Et Jack...

– Ah, Jack Loudemer !

Le requin-nourrice recule d'une nageoire.

Le seul nom de Jack Loudemer terrifie tous les habitants du royaume des Océans.

– J'allais l'oublier. Mais rassurez-vous, jamais ce monstre des mers n'osera s'attaquer à notre prince.

Et elle prononce la formule magique :

– Que mon pouvoir enchanteur de poisson volant protège Babaléno jusqu'à la fin des temps !

Le soir même, c'est la fête au château. Les baleines dansent toute la nuit. Le jardin royal, qui est éclairé par deux rangées de trois cents poissons-lunes, ne s'éteint qu'au petit matin. Et la fée Exocet, pressée de rentrer chez elle, en oublie de rendre visite à Kashalo !

Pendant ce temps, Jack Loudemer continue de chasser dans les mers du Grand Nord.

Un cachalot fort et musclé !

Kashalo a grandi. Il va à l'école. Il a une meilleure amie : la petite sirène, dont tous ses copains sont amoureux. Parfois, ils se regardent les yeux dans les yeux et leurs joues rosissent un peu…

Un beau matin, la petite sirène arrive en pleurant chez Kashalo.

– Jack Loudemer m'a capturée dans son filet, dit-elle en tremblant. Heureusement, grâce à ma petite taille, j'ai réussi à échapper aux mailles d'acier !

– Jack Loudemer ? Qui est-ce ? s'étonne Kashalo. Je n'ai jamais entendu parler de lui.

Le soir même, il demande des explications à sa maman. Elle prend son courage à deux nageoires et déclare :

– Mon fils, je vais te raconter une histoire… Au royaume des Océans, la fée Exocet se penche au-dessus du berceau de chaque nouveau-né pour lui prédire l'avenir et surtout pour le protéger du féroce Jack Loudemer, l'infâme et sinistre chasseur de baleines. En tout cas, c'est la tradition depuis très longtemps !

– C'est une belle histoire, maman chérie, réplique Kashalo. Mais je sens à ta voix que tu me caches quelque chose !

– À vrai dire, le lendemain de ta naissance, la fée Exocet est repartie sans même nous rendre visite, avoue sa mère. Toute ta vie, il faudra te cacher si tu ne veux pas finir dans les filets du féroce Jack Loudemer, l'infâme et sinistre chasseur de baleines.

Kashalo sort la tête de l'eau. Il inspire une bouffée d'air et répond :

– Me cacher ? Pas question ! Je ne suis pas une mauviette. Ce Jack Loudemer n'a qu'à bien se tenir !

– Tu ne peux rien contre lui, ajoute son père prudemment.

– Je serai plus fort que lui !

Et Kashalo tient sa parole. Il devient bientôt un beau cachalot, fort et musclé. Il s'entraîne le soir après l'école : nage libre, dos crawlé, papillon, brasse coulée. C'est le roi de la natation.

Un jour, il dit à ses parents :

– Maintenant, je veux apprendre à me battre !

– Tu as raison, lui répond son père. Il faut que tu saches te défendre.

Jud'eau, karaté-d'eau, aïkid'eau, Kashalo devient champion des arts marti'eaux ! Et le soir, avant de se coucher, il lit des romans de piraterie.

Pendant ce temps, le féroce Jack Loudemer prépare son bateau et ses armes. Il aiguise ses couteaux, ses sabres et ses harpons. Il fait reluire ses fusils, briller ses canons. Il vérifie la solidité de ses cordages, les mailles de ses filets. Il astique furieusement ses tromblons !

Comment on devient roi des Océans

Le destin du jeune prince des baleines est tracé : il deviendra roi comme son papa et il épousera une belle et grosse baleine blanche !

Le matin, Babaléno Ier lit des livres pour apprendre le métier de roi des Océans.

Comment être juste avec tout le monde même avec les requins.

Cent manières de diriger une armée de moules.

Les différentes façons de gagner la confiance d'une pieuvre.

Le midi, il déjeune d'un potage de crevettes au plancton.

L'après-midi, il essaie des costumes princiers, des couronnes d'étoiles de mer. Il apprend aussi à danser, à se tenir en bonne compagnie.

Après sa leçon de musique, il se promène en famille dans les jardins royaux parmi les algues et les coraux. Il en profite donc pour réviser le nom de ses sujets les poissons. Le merlu, la morue, le maquereau, le vivaneau, le rémora, le barracuda, l'esturgeon, l'espadon, le thon... Et aussi la torpille, l'arbalétrier et le porte-glaive !

Le soir, il dîne d'une assiette de concombres de mer. Mais Babaléno Ier se sent très seul. Il aimerait tellement jouer avec les baleineaux de son âge !

– C'est dur d'être un prince, murmure-t-il avant de s'endormir.

Il est bien loin d'imaginer les dangers qui le guettent...

Car Jack Loudemer est enfin prêt à passer à l'action ! Il s'installe à l'avant de son bateau et sort sa lorgnette.

– Mille dents de requins voraces, où se trouvent ces satanées baleines ? s'écrie-t-il.

Il inspecte les vagues, la plus petite pointe d'écume. Mais pas le moindre cétacé à l'horizon ! Ses mâchoires grincent. Son sang bout à cent degrés !

Soudain, au loin, il aperçoit…

La fête au château

Pour l'anniversaire de Babaléno, la reine et le roi des Baleines ont invité tous les habitants du royaume à une baleine party dans les jardins royaux.

Kashalo n'a pas très envie d'y aller. Il préfère réviser son jud'eau. Mais sa maman insiste.

– Va t'amuser, mon fils. C'est aussi le jour de ton anniversaire !

Kashalo, après s'être fait beau, se rend en deux coups de nageoires au palais royal.

Dans l'immense salle de bal, coquillages et crustacés, morues, méduses et carrelets, maquereaux, saumons et mulets dansent au rythme d'une salsa.

Assise sur son trône royal, la reine des Baleines est nerveuse.

– J'espère que notre fils fera bonne impression, dit-elle. Il serait temps qu'il trouve une fiancée.

– Ayez confiance, ma chère, lui répond le roi des Baleines. La fée Exocet ne s'est jamais trompée. Sa chérie se trouve sûrement parmi les invités !

Miss Bélouga, finaliste de la dernière « Calmar-académie », anime justement la soirée. L'énorme baleine blanche possède une voix magnifique. C'est la meilleure chanteuse de tous les temps ! Elle est accompagnée d'un orchestre de poissons-trompettes, de crabes violonistes et de tortues-luths.

Assis sur son trône princier, Babaléno ne la quitte pas des yeux. Le voilà amoureux ! La fée Exocet n'a-t-elle pas prédit qu'il se marierait avec une grosse baleine blanche ?

Babaléno s'approche de la merveilleuse chanteuse.

– Oh oh, miss Bélouga, vous êtes magnifique. Nulle baleine n'est aussi belle que vous.

Miss Bélouga rougit. Jamais un prince ne lui a parlé ainsi. Babaléno l'invite à danser.

Dans l'immense salle de bal, on rit, on chante, on danse. Kashalo, lui, discute avec sa petite sirène.

Mais soudain, Nadia l'étoile de mer s'écrie :

– Jack Loudemer approche !

L'attaque de Jack Loudemer

Jack Loudemer, le féroce Jack Loudemer, l'infâme et sinistre Jack Loudemer, chasseur de baleines, sait très bien que les baleines font la fête. Il les a observées avec sa grosse lorgnette pour voir sous l'eau !

Il attendait ce moment avec impatience.

Toutes les baleines du royaume sont là : les rorquals, les baleines franches, les baleines grises, les baleines à bosse !

Jack veut profiter de la fête pour passer à l'attaque.

– Tiens ! Voilà un morceau de choix ! s'exclame-t-il d'une terrible voix en apercevant miss Bélouga. Je vais la capturer sur l'heure. Elle finira dans mon congélateur !

Au moment où miss Bélouga entame le chant des sirènes, Jack Loudemer jette son filet à mailles d'acier avec son canon hyperpuissant.

Miss Bélouga se retrouve prisonnière !

Aussitôt, le roi des Baleines envoie les requins-scies pour la délivrer. Mais les requins-scies se cassent les dents sur le filet en métal.

Dans les jardins du château, c'est la panique ! La baleine party tombe à l'eau…

La reine s'évanouit, tandis qu'une poursuite infernale s'engage entre les requins-tigres et le bateau de Jack Loudemer.

Mais Jack Loudemer est le plus rapide !

Prisonnière du filet d'acier, la pauvre miss Bélouga gémit :

– Au secours, sauvez-moi !

Babaléno se lance lui aussi à l'assaut du bateau. Mais ses vêtements de prince en algues finement tressées l'empêchent de nager ! Sa couronne de corail et d'étoiles de mer est lourde à porter. Très vite, il s'arrête, haletant.

Il faut sauver miss Bélouga !

Le sang de Kashalo n'a fait qu'un tour. Pas question de laisser s'échapper le féroce Jack Loudemer. Il faut sauver miss Bélouga !

– Par tous les monstres des fosses abyssales, s'exclame-t-il. Il va voir ce qu'il va voir, foi de Kashalo !

– N'y va pas, s'exclame la petite sirène. Il va te tuer !

Mais Kashalo n'écoute que son courage. Il grogne si fort que des vagues se forment à la surface de l'océan. Le bateau de Jack Loudemer commence à tanguer dangereusement.

Kashalo prend alors son élan, ouvre une gueule pleine de dents qu'il referme sur la coque du bateau de l'infâme chasseur de baleines…

… qui coule en un clin d'œil !

Pendant que Kashalo poursuit Jack Loudemer qui s'enfuit à la nage, Nadia l'étoile de mer et Jo le Crabe ouvrent le filet d'acier et libèrent miss Bélouga.

Le soir même, aux Roches-Grises, c'est la fête. On chante ! On rit ! On crie :

– Kashalo a délivré miss Bélouga ! Kashalo est un héros ! Vive Kashalo !

Kashalo est entouré par tous les habitants. Il y a même des gens de la cour : monsieur de Thon sur Thon, Barracuda junior, madame de la Palourde. Ils sont venus féliciter le héros du jour.

Ses parents sont très fiers de lui !

– Notre Kashalo a vaincu Jack Loudemer sans la magie de la fée Exocet ! explique sa maman aux invités.

Soudain, la reine et le roi des Baleines apparaissent. Ils sont accompagnés de Babaléno et de miss Bélouga.

Babaléno et miss Bélouga se regardent les yeux dans les yeux. Des bulles en forme de cœurs éclatent au-dessus de leurs têtes.

Miss Bélouga s'approche de Kashalo. Elle dépose une bise sur sa joue !

Kashalo rougit. La petite sirène fronce les sourcils. Elle est un peu jalouse.

Babaléno s'approche à son tour.

– Merci d'avoir sauvé ma fiancée, dit-il à Kashalo. Pourras-tu m'apprendre le jud'eau ?

– Bien sûr ! lui répond ce dernier. Dès demain si tu veux.

Mais le lendemain, le terrible Jack Loudemer passe de nouveau à l'attaque. Il lance son filet et capture la fée Exocet…

Rouge de colère, cette dernière prononce une de ses formules magiques :

– Que mon pouvoir envoûtant de poisson volant te transforme en hareng jusqu'à la fin des temps !

Et Jack Lehareng s'enfonce à coups de nageoires dans les eaux noires de l'océan. Cette fois, l'affreux bonhomme ne fera plus de mal à personne !

Alors Babaléno et miss Bélouga prennent des vacances bien méritées avec Kashalo et sa petite sirène. Ensemble ils font du pédal'eau et du water-pol'eau. Et le soir Kashalo et Babaléno se retrouvent pour une leçon de jud'eau ou de kend'eau.

L'auteur

Yves-Marie Clément vit en Ardèche où il partage sa vie entre l'enseignement, l'écriture, les voyages en famille et le jud'eau bien sûr qu'il pratique avec ses trois garçons.

Il a publié une soixantaine d'ouvrages, surtout destinés à la jeunesse.

petit roman

www.rageot.fr

- **UN AMOUR DE PERROQUET**, Stéphane Daniel
- **BABALÉNO ET KASHALO**, Yves-Marie Clément
- **LE FIL DE NUAGE**, Cécile Geiger
- **MA JOURNÉE À LA FERME**, Philippe Barbeau
- **KOUMBA-LA-DOUCE ET KOUMBA-LA-MÉCHANTE**, Albéna Ivanovitch-Lair, Annie Caldirac
- **UNE RENTRÉE PAS COMME LES AUTRES**, Nathalie Charles

Achevé d'imprimer en France en juillet 2008
par l'imprimerie Clerc.
Dépôt légal : septembre 2008
N° d'édition : 4749 – 01